传统武术入门丛书

武术桩功法

郑建平——编著

山西出版传媒集团
山西科学技术出版社

总　序

中华传统武术博大精深，是中华民族优秀传统文化之瑰宝，蕴含着中华民族传统文化的诸多要素，具备崇德尚武、修身养性、防身自卫等特点。

中华武术是远古劳动人民在长期狩猎、自卫、生活实践中形成的一种攻防格斗技术，在近代发展成为一种民间传统体育项目。传统武术赖以生存的"感悟""修炼""天人合一"等武学文化思想在中华大地乃至全球传承发展。

当前，国家相关部门大力倡导将竞技武术、传统武术及现代搏击运动并行推广，这将传统武术提到了应有的高度，是传统武术进一步发展的良好机遇。

能把我从武多年来的亲身经历和习拳经验，尤其是传统武术功法修炼的方法，贡献给热爱武术运动的人们，为中华传统武术的进一步传承发展做点贡献，是我整理出版"传统武术入门丛书"的基本动力。

本丛书从武术桩功法、武术内功心法、武术单操技法、武术入门套路、武术实战技击五个方面，系统地介绍了中华传统武术的整体练习方法。

本丛书的编写出版得到了《中华武术》首任主编昌沧先生，我的恩师、"中华武林百杰""中国武术九段""中华浑元武术创始人"张希贵先生，河津市"和易拳社"社长买正虎先生等前辈、同人的鼎力支持和帮助。同时，本丛书摄影人员丁辉、马强、陈博等，侯凤长、孟凡彬、赵启忠、陈仲生、梁爽、郭欣钰、郑晨，以及配合实战演练的丹尼尔先生等同人付出了辛勤劳动，在此一并表示感谢。

由于本人水平有限，书中不妥之处，敬请各位前辈、同人及广大读者予以指正。

郑建平

壬寅年夏于北京

目　录

第一章

武术桩功法概述

《黄帝内经》曰："提挈天地，把握阴阳，呼吸精气，独立守神，肌肉若一，故能寿敝天地，无有终时，此其道生。""独立守神"中藏有保持身心健康的大智慧。

武术桩功法修炼体系要求"内外兼修"，在修炼内功时需要遵循"姿势、中正、规矩、唤醒、三回九转"五个要领，而在方法上又分为定势桩功法、活步桩功法两种。

一、姿势

姿势动作也就是站桩的"形"。"形"是承载站桩者元气在体内充分循环的一个平台。"形"也就是指姿势是否规范，动作是否正确。"形"是否合理，直接影响了气血在体内的运行和修炼效果。

站桩过程中"形"的调整，必须是懂得功夫真谛和有真才实学的师父经过口传身授、手把手的传承教授，使习练者骨架获得平衡，即动作姿势正确。并在此基础上使肢体松沉，以利于气沉丹田的实现。然后根据习练者不同的年龄与个体差异，进行针对性的调整与辅导。既不能急于求成，也不能一成不变，更不可统一标准，要因人而异，循序渐进，由浅入深。

二、中正

在对"形"的调整过程中，立身中正是重中之首。要达到这一目标，首先要保持脊柱拔长中正。脊柱中正才能身正，身正的重点是腰正。保持腰正，才能实现骨架的平衡。在骨架平衡的基础上才可以达到周身通透的效果，才能够为下一步的"调息"打好基础，用以唤醒人体先天机能。这也是修炼内功必须遵循的身心自治的过程与规矩。

三、规矩

在以上修炼过程中，习练者会出现各种不同状态的"形的差异"。每个人姿势的毛病（瑕疵）都不同，而且在不同的时间、地点、环境中会产生不同的毛病。随着技法的进一步掌握，会产生阶段性的毛病。这个时候习练者一定要领会师父在各个动作阶段的教诲。

当习练者能够做到姿势标准时，即可进入"活步"与"定步"桩法的练习阶段。

四、唤醒

在进一步准确地掌握了桩法的基础上，习练者能够将所学的技能用以调整自身整体骨架中正，从而实现整个肢体的平衡与活泛。同时能够感悟到自身精神的变化收益。到这个阶段时就要步入唤醒人体先天气机的过程，即逆腹式呼吸。

这一阶段主要是唤醒和提高丹田的机能，需要更高的技术要求，使自身的内气下沉，这就必须要打开膻中穴，放松带脉等等。这时对桩架的"形"有了更高的要求，要进一步进行"前堆后座"，也就是全身心松沉，拓宽气血、任脉下沉运行的通道，进入意念境界。

五、三回九转

吸气时收腹，肛门缓慢用力上提，咽津，呼气，放松，整个动作为一次。这就叫逆腹式呼吸。坚持修炼，形成自然逆腹式呼吸，周身浑然一体，即可畅通完成周天循环，即"三回九转"。

通过逆腹式呼吸练气，同时收腹，提肛，咽津，撮会阴，收尾闾，对增强肾功能有着非常积极的作用，对延缓人体机能衰老、增强生命力有着很好的效果。这阶段对习练者会有更进一步的要求。腰胯的松开要进行"内外合一"，也就是对呼吸的循环有了严格的要求。在逆腹式呼吸修炼过程中使尾闾具备松活转动的能力，是实现"敛气入髓"的必要条件之一。

脊柱是相对封闭的"管道"，通过尾闾的转动，可使脊椎管内产生一定的压强，让管内的髓液发生轻微的振动，实现"洗髓"的初步目标，从而使气血沉督脉运行。

众所周知，人体的五脏六腑都是"悬挂"在脊柱上的，脊柱的功能强大了，输送给各个腑脏器官的营养自然会更充分。同时，"固精锁阳"的练习目标自然也就可以得到实现。

总之，站桩是一整套完整系统的功法体系，其内在有严谨的自然先天逻辑规律，只要人体的结构和气血运行的规律不发生改变，功法练习的规律就不会以任何人的主观意识而改变。对站桩的"形"的调整应由"粗"到"细"，逐步朝着"外强内壮"的目标进行规范练习。这样才可真正达到周天循环、后天返先天的内功修炼效果。

人体就武术修炼而言，腰为虎，脊为龙。因此修炼内功极为重要。

第二章　武术桩功法基础

　　热身术是学习武术桩功法（站桩）的基础，通过"扩胸、转腰、压腿、抡臂、甩肩、甩臂、甩手、捶丹田"等练习，来调息守神，活动骨关节，通经达脉，放松肢体。

第一节　动作名称

第一式　扩胸　　　　第二式　转腰

第三式　压腿　　　　第四式　抡臂

第五式　甩肩　　　　第六式　甩臂

第七式　甩手　　　　第八式　捶丹田

第二节　动作图解

第一式　扩胸

1.双脚并拢，两臂自然下垂。做逆腹式呼吸三次，一呼一吸为一次。（图1）

2.两臂外旋，直臂上抬，略高于头。两掌心相对，掌指向上。眼随右掌而视。（图2）

图1　　　　　　　　　图2

3. 接上动,两臂屈肘,两手从身前下按至小腹前,掌心朝下,掌指相对。目视前方。(图3)

图3

图4

4. 身体左转,步随肩转。同时,两臂抬起于肩前,掌心向下,并向两侧顶肘。(图4)

图5

5.随即，两手外旋，两小臂向身体两侧后扩展，挺胸，收腹。（图5）

图6

6.接上动，身体右转，步随肩转。同时，两臂内旋，经体侧向体前平抬，掌心向下，随即向两侧顶肘。（图6）

7.随即，两手外旋，两小臂向身体两侧后扩展，挺胸，收腹。（图7）

注意：左右动作相同，顶肘时吸气，两臂外展时呼气。

图7

图8

第二式 转腰

1.两脚开立，略宽于肩，两臂自然下垂。（图8）

2.以髋关节为轴，上体前俯，两臂向左前下方伸出。随之向前、向右、向后、向左翻转绕环。（图 9 至图 11）

图9

图10

图11

注意：转腰时两脚不要移动，后吸前呼，两臂随腰部放松绕动，尽量增大上体环绕幅度，左右方向交替进行。

腰处在人体承上启下的核心位置，是贯通人体上下肢体的重要枢纽。通过热身术转腰的练习，可以扩大腰部的活动范围，增强脊柱和腰部各肌肉群的柔韧性，使身体各部位协调配合，更易于武术各种基本动作的完成。

第三式　压腿

1.开步站立。两脚前脚掌着地，脚跟抬起。两手直臂上举，手心朝内。上举时吸气。（图12）

图12

图13

2.两脚跟落地，上体前俯。两手手指相对，经面前下按，两手掌心尽量贴近地面。下按时呼气。（图13）

3.然后，两手松开，抱住两脚跟腱处，逐渐使胸部贴近腿部，持续一段时间后，再起立。（图14）

图14

4.两手胸前抱肘，上体前屈，逐渐使胸部贴近腿部，持续一段时间后，再起立。（图15）

图15

5.两手挂膝，上体前屈，逐渐使胸部向腿部靠近，持续一段时间后，再起立。（图16、图16侧面）

注意：两腿挺膝，伸直，挺胸塌腰，收胯。

图16

图16侧面

图17

第四式　抡臂

开步站立，两臂上举，以肩关节为轴，两臂分别向前、向后做直臂绕环（图17至图19）。亦可做两臂交叉绕环。顺、逆时针绕环交替进行。

注意：身体正直，臂伸直，肩放松，手臂沿竖圆绕动。绕环时以腰的左右转动带动两臂绕，整体协调和顺。

图18

图19

第五式 甩肩

1. 开步站立，上体向左转体，双膝微屈。左臂向左、向上、向右后绕行，屈肘，以左掌背拍击右肾；右臂经腹前向左上绕行，屈肘，以掌外沿敲打肩井穴。屈膝、肩臂放松时吸气；拍击、敲打时呼气，击打要有力。（图20）

2. 接上动，再向右转体，做反势动作。（图21）

图20

图21

第六式　甩臂

1.开步站立，双膝微屈。两臂前伸平举。屈膝、抬臂时吸气。（图22）

图22

2.直膝站立，两手臂向后甩臂，呼气。（图23）

提示：甩臂可锻炼膝关节力量。

图23

第七式　甩手

1.开步站立，步随肩转。右手经右上，向左下顺时针画弧，停于左大腿外侧，掌心向外；左手向上护于右肩前，掌心向外。（图24）

2.然后，拧腰转身，右手向右前上方甩手，掌背向前；左手随之后甩。目视右手。此为右甩手。（图25）

图24

图25

3.上动不停，回身，做左甩手，动作同右甩手，唯方向相反。（图26、图27）

图26

图27

第八式　捶丹田

开步站立。双手经丹田向上外旋、上钻，再自然翻掌前扑，向下震捶丹田。（图28至图32）

注意：配合呼吸，上钻吸气，下捶呼气，丹田收紧。捶丹田，又称聚丹田，聚气固丹田，固本培元也。亦可以

图28

图29

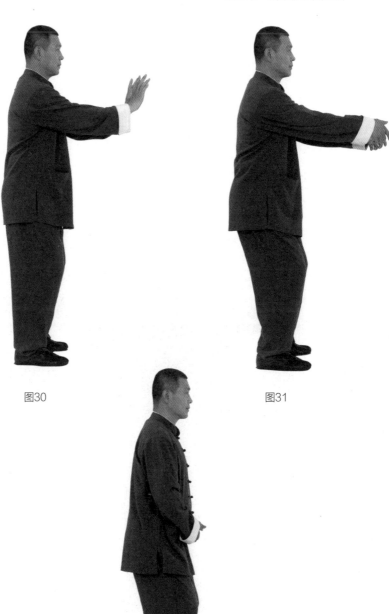

图30

图31

图32

定步、活步修炼循序渐进。捶丹田通过人为强制呼吸，将气沉于丹田，是修炼内功的敲门砖，务必终身修炼之。

收式

两手上托，合掌下按于腹前。收左脚，立正还原。目视前方。（图 33 至图 35）

图33

图34　　　　　　　　　　　图35

第三章

武术桩功法修炼

　　武术桩功法是一种通过定步、活步桩法，以意念引导气息，修炼基本桩功的方法。

　　武术桩功法主修呼吸，可使习练者内功达到高级境界，使人体保持一种感应力无断续状态，亦称"寸劲"。

　　定步桩法包括无极桩、浑元桩、通怀桩、通背桩、六合*桩等。活步桩法包括六合势、磨胫步、"之"行步、活步六合势、百把抓功、蹲墙功、合手势、麒麟势、格斗步等。

　　注：心与意合，意与气合，气与力合，此为内三合；肩与胯合，肘与膝合，手与脚合，此为外三合。

第一节　定势桩功

一、无极桩

两脚开立，与肩同宽，肩井穴与涌泉穴垂直相对，两手自然下垂，目视前方。（图 36）

图36

注：肩井穴如图 37 所示。涌泉穴如图 38 所示。

二、浑元桩

双脚开立，与肩同宽，全身放松，两膝微屈。两臂前

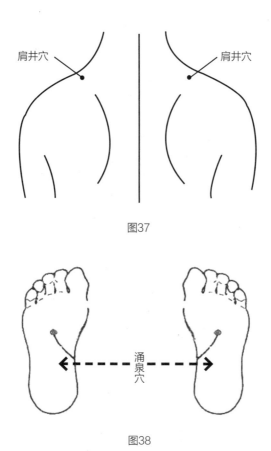

图37

图38

伸微屈，掌心相对，自然放正，大拇指张开朝上，肘微屈。收臀提肛，尾闾中正。下颌微收，牙齿轻叩，舌顶上腭，视野开阔。思想集中，排除杂念，意守丹田。（图39、图39侧面）

注意：逆腹式自然呼吸，以意念引导气血流动。桩功以练呼吸为主，是产生内功、内力的敲门砖。该桩法内外

图39　　　　　　　　　　　图39侧面

兼修，站桩时间根据身体情况可逐渐加长。

三、通怀桩

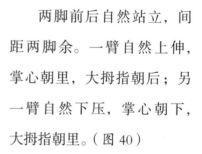

两脚前后自然站立，间距两脚余。一臂自然上伸，掌心朝里，大拇指朝后；另一臂自然下压，掌心朝下，大拇指朝里。（图40）

注意：采用逆腹式呼吸，自然放松，左右交替，站桩要求同浑元桩，站桩时间根据自身情况可逐渐加长，目的是使任脉畅通。

图40

四、通背桩

两脚前后自然站立，间距两脚余，后腿伸直。一手置于胸前，另一手合于腹前。两臂微屈，目视前方。（图41）

注意：采用逆腹式呼吸，自然放松，左右交替。站桩要求同浑元桩，时间可逐渐加长。目的是使督脉畅通。

图41

五、六合桩

六合桩亦称"三体式""三才式""格斗式"。两脚前后站立，间距两脚半长，两脚掌蹬地。前脚尖微内扣，与后脚跟呈一条线。左脚在前，左手自然前伸，右手按置腹前，肘部自然沉坠。（图 42）

图42

注意：采用自然逆腹式呼吸，气沉丹田，下至涌泉穴，上至百会穴，任督二脉循环不息。以意念引导自身气血流动，以咽津、提肛、尾闾循环为杠杆作用，修炼大小周天之气循环。

第二节　活步桩功

步法行功歌诀

两膝微弯力自然，撑前箭后练成坚。

之从顺闪腾挪便，磨胫斜出反回圈。

反复旋顾肩平缓，膝雄跟踹半勾镰。

根落掌悬神化炼，轻灵坚固步中玄。

活步桩法炼气要诣

活步炼气应手脚相应，内外一致，必须是手起吸气，手落呼气，手合吸气，手开呼气，以六合步桩法前后、左右、斜走、侧转进行活动。要求手脚相应，手起脚动，手发脚落，内外一致，以气促力，以力化劲，弹抖寸劲。手起时，气由督脉而升；手落时，气由任脉而下。久则拙力自化，内劲自生矣。

一、六合势

身体摆正，自然站立，左脚在前，右脚在后，间距两脚半长，双膝微屈。左手自然前伸，右手自然垂于丹田前，双手虎口撑圆。双臂自然屈伸，似直非直，似曲非曲。采用逆腹式自然呼吸，呈六合步，自然站立。六合式分低架、中架、高架。（图43至图45）

左右势同。此为练呼吸桩功，亦可练活步六合势，前后左右均可。

二、摩胫步

左脚向前进半步，右脚随即上步，经左脚内踝处（摩胫），向前跨进一大步，左脚跟进半步。双手呈自然抱腹状。左右交替练习。（图46至图51）

图43

图44

图45

图46

图47

图48

图49 图50

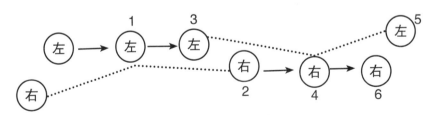

图51 摩胫步线路图

三、"之"行步

左脚向左前垫步，右脚经左脚内侧向前上一大步，随之左脚跟进半步。向左右方向以拗步的形式向前跨步跟进。左右同理。（图 52）

四、活步六合势

1.左六合势站立。左脚尖外展，垫步。同时，左掌变拳收于腹前，继而外旋，向前上方钻出，高与鼻平；右掌

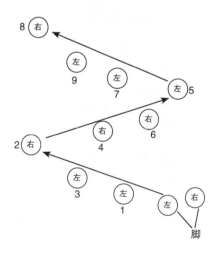

图52　"之"行步线路图

变拳,收于腹前。右前臂紧贴腰腹部,随即右腿提膝、摩胫,目视左拳方向。(图 53、图 54)

2.右脚向前上步,左脚跟进半步,屈膝略蹲。右臂内旋,右拳变掌,于右腹前向前上方钻出,经左手上方向前下方劈落,高与胸齐。左拳随右掌下劈顺势变掌,收于腹前,左前臂与拇指根节紧贴腰腹部。目视前方。(图 55)

图53

图54

图55

　　注意：左拳前伸与垫步要一致，右前劈掌与右脚上步同时进行，身手合步，合吸伸呼，起落钻翻随步而为。

五、百把抓功

两脚左右开立，屈膝下蹲，呈马步站稳。左臂屈肘，左拳抱于腰间，拳心朝上；右拳从腰间拧腰顺肩向前冲出，拳心向下，力达拳面。右拳变掌，然后，以腕关节为轴，前臂外旋，五指内扣，抓捋变拳，收至腰间，拳心向上。（图56至图59）

图56

图57

图58

图59

注意：冲拳呼气，抓捋吸气，左右交替冲抓，百次为佳，故名"百把抓功"。

六、蹲墙功

1.面壁而立，两脚并拢，脚尖虚触墙根，重心落在前

脚掌上。两手自然下垂，手心向内，周身中正，会阴上提，两肩前扣，含胸收腹。全身放松，安静平和，呼吸自然。（图60）

2. 然后，腰向后放松，弓着后背，脊柱节节放松，缓缓往下蹲，注意力放在腰背部及尾闾部。蹲下后尾闾用意稍前扣。（图61）

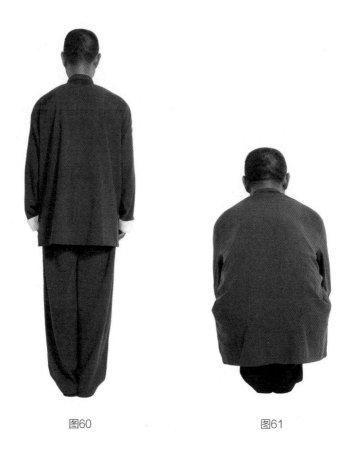

图60　　　　　　　　　图61

注意：呼吸在胸部不憋闷的前提下，协调一致，即气吸至尽时下蹲到底。意领百会，随呼气，脊柱逐节升起、伸动、拉直、站立。自始至终鼻、膝、脚尖不离开墙壁，头不偏斜，眼不斜视，脊柱中正，意守下丹田处。

七、合手势

开步站立。右脚向后撤一步，左脚收于右脚内侧，脚尖虚点地面，两腿微屈，呈左虚步式。同时，右掌置于右肩前，掌指向上，掌心向外；左掌置于左胯前，掌心向下。目视前方。（图 62）

注意：采用逆腹式呼吸，自然放松，左右交替。

八、麒麟势

1.开步站立，步随肩转，左腿屈膝，大腿呈水平，脚尖内扣；右腿屈膝落左腿后，前脚掌着地，身体重心落于两腿之间，呈左麒麟步。同时，左掌上架，掌心向上；右掌斜按，掌心向下。目视右前方。（图 63）

2.身体右转，动作同左麒麟步，唯方向相反。（图 64）

图62

图63

图64

注意：采用逆腹式呼吸，自然放松，左右交替练习。

九、格斗步

开步站立。右脚向左脚前盖步，随即左脚前迈，屈膝半蹲，身体重心落于两腿之间，呈半马步。同时，两掌逆时针画圆变拳，向左前摆动，左拳在前，与鼻同高；右拳置于左臂内侧。沉肩垂肘。目视左拳方向。（图 65 至图 67）

注意：采用逆腹式呼吸，自然放松，左右交替练习。

图65　　　　　　　　　　　图66

图67

图书在版编目（CIP）数据

武术桩功法 / 郑建平编著 . — 太原 : 山西科学技术出版社，2023.6

（传统武术入门丛书）

ISBN 978-7-5377-6263-2

Ⅰ. ①武… Ⅱ. ①郑… Ⅲ. ①桩功（武术）—基本知识—中国 Ⅳ. ① G852.1

中国国家版本馆 CIP 数据核字（2023）第 040448 号

武术桩功法

WUSHU ZHUANGGONG FA

出　版　人	阎文凯
编　　　著	郑建平
策 划 编 辑	徐俊杰
责 任 编 辑	徐俊杰
封 面 设 计	许艳秋

出 版 发 行　山西出版传媒集团·山西科学技术出版社
　　　　　　　地址：太原市建设南路 21 号　　邮编：030012

编辑部电话　0351-4922107
发行部电话　0351-4922121
经　　　销　各地新华书店
印　　　刷　山西基因包装印刷科技股份有限公司

开　　本　889mm×1194mm　　1/32
印　　张　2
字　　数　32 千字
版　　次　2023 年 6 月第 1 版
印　　次　2023 年 6 月山西第 1 次印刷
书　　号　ISBN 978-7-5377-6263-2
定　　价　20.00 元

扫一扫领取 ➤

武术秘籍

微信扫码

📺 **配套视频** 一招一式有标准，跟学很轻松

📚 **武术科普** 了解武术背后的故事

☕ **养生课堂** 练功也要学会如何养生

🔘 还有

✅ 运动安全 ✅ 读书笔记 ✅ 社内书单 等你来读！